KB016015

_____ 에게

_____

_____ 마음을 담아

_____ 드림

나를 키우는 시 1

알을 깨는 순간

창 비
청소년
시 선
19

나를
키우는 시 1

알을 깨는 순간

손택수·김태현·한명숙 엮음

창비

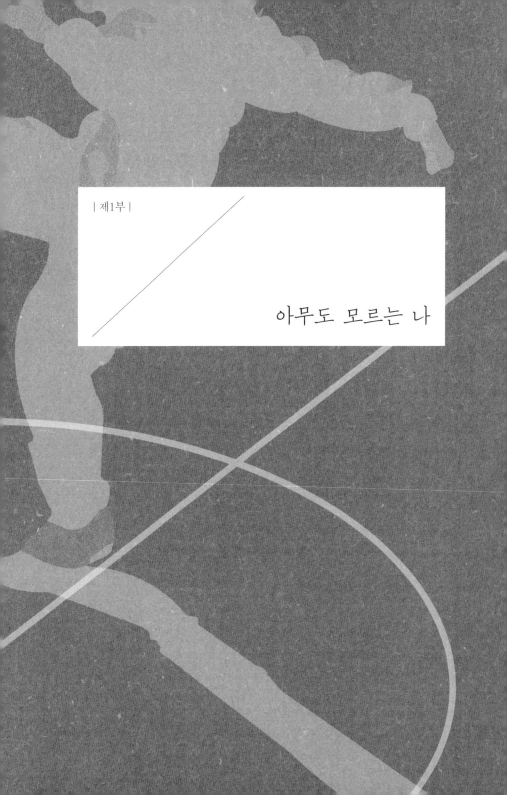

| 제1부 |

아무도 모르는 나

상상 속의 나
김개미

가끔
머리가 긴 나를 상상한다.
상상 속의 나는
발목까지 내려오는 긴 치마를 입고
턱을 높이 쳐들고
실눈을 뜨고
잘난 척하며 걸어간다.

머리카락이 사람들 얼굴에 붙어도
꽃밭에 갓 심은 튤립 모종을 뽑아도
앞집 꼬마 동우의 아이스크림에 붙어도
절대 고개 숙이지 않는다.
함부로 사과하지 않는다.
나는 얼음 나라 왕비님 역할을 맡았으니까.

하하 호호 깔깔,
책상을 꽝 치며 상상에서 깨어난다.
내가 이런 상상 하는 줄

아무도 모른다.
하지만 난 생각한다.
아무도 모르는 내가 하나쯤 있어야 한다고!

왜 초등학교를 졸업하면 어린이날 선물을 받지 못하는가?

김승일

엄마가 양파를 튀겼어. 나는 그 양파튀김이 어린이날 선물인 줄 미처 몰랐지. 그래서 맛있게 먹은 것인데. 먹고 보니 어린이날 선물이었고. 깜짝 놀란 나는 체하고 말았던 것이다.

변기에 한가득 게워 내면서. 내가 양파를 다 게워 낸들 선물을 또 사 줄 리는 없잖아. 나는 하염없이 눈물을 흘렸지만. 내가 하루 종일 운다고 해서 선물을 또 사 줄 리 없다는 것을.

나는 너무 잘 알았다. 초등학교를 졸업하면 어린이날 선물을 받지 못한대. 이유는 잘 모르겠지만 법이 그렇다니까. 양파가 마지막 선물이었어. 마지막 선물을 토해 버렸어.

화장실 안에는 시계가 없고 거실로 나가야 시계가 있고. 오후 세 시쯤 되었을 거야. 아홉 시간. 내 마지막 어린이날이 고작 아홉 시간 남았다는 걸. 굳이 확인할 필요는 없지.

화장실 문을 잠그고. 바닥에 누워서 낮잠을 잤다. 양파튀김이 제일 좋다고 네가 저번에 얘기했잖아? 엄마가 문을 두드렸어. 틀린 말은 아니니까 할 말은 없고. 그저 엄마가 알아주기를. 오늘이 얼마나 중요한 기념일인지. 엄마가 알아주기를.

나는 신께 기도드렸다. 그렇게 중요한 기념일인데 화장실 안에서 허비하다니. 너도 참 바보로구나. 차가운 타일 바닥에 엎드린 채로. 내가 얼마나 낭비한 걸까?

그러나 내가 낭비한 만큼 엄마가 나를 이해한대도. 엄마는 또 양파를 튀길 것이다. 최선에 최선을 다해.

내 맘대로 할 거다

성환희

엄마는 나에게
네가 하고 싶은 일 하면서
행복하면 된다고 했다

지난 추석 차례 지내고
고구마밭에 갔는데
맨발로 흙을 밟을 때
흙냄새와 부드러운 느낌이 참 좋았다

흙을 밟으며 살면 행복할 것 같다고
나는 엄마한테 말했다

아빠는 "안 돼."라고 소리쳤다
너는 공부 많이 해서
편하게 살면서 돈도 많이 버는
그런 직업에 종사해야 된다고 했다

내 꿈인데 내 맘대로 할 거다

못 말리는 아들이 될 거다
나중에 아빠를 깜짝 놀라게 해야지!

김에서 밥까지

김준현

내 이름이 왜 김밥이야?

내 안에는
파삭한 김과
따뜻한 밥과
맛있는 햄과
부드러운 달걀과
싱싱한 시금치와
아삭한 단무지와
꼬들꼬들 우엉과
물기 많은 오이와
사각사각 당근이
들어 있는데

내 이름에 김이랑 밥만 있으면
　햄이랑 달걀이랑 시금치랑 단무지랑 우엉이랑 오이랑
당근이
　얼마나 서운하겠어?

겨자씨의 노래
강은교

그렇게 크지 않아도
돼.
그렇게 뜨겁지 않아도
돼.
겨자씨만 하면
돼.
겨자씨에 부는 바람이면
돼.

들을 귀 있는 사람은 알아들어라[*]

가장 작은 것에
가장 큰 것이 눕는다.

[*] 성서에서 인용함.

소녀들 — 사춘기 5
김행숙

여자애들은 모두 즐거워 보였다. 열두 살이 되면,

좋아하는 상점이 생길 거라고 말해 주었다. 너희는 매일 상점에 들러서 몇 가지 물건을 쓰다듬을 거야. 그때의 기분과 손길을 잘 기억해 두렴.

열네 살이 되면, 그렇게 백 번 만지고 몇 가지 물건을 사는 동안 열네 살이 된 여자애를 친구로 사귀겠지. 너흰 둘다 상점에서 물건을 훔친 경험이 있지.

이제는 전부 시시해졌어, 그 애가 울면서 말할 거야. 쓰다듬어 주렴. 좋은 친구는 아주 부드러워.

기억할 것들이 생기지. 열두 살이 되면,

열네 살이 되면, 나뭇잎을 떨어뜨릴 만큼 깔깔깔 웃기도 했지만

거꾸로 말했다
장철문

괜찮아요,라고 말할 때
괜찮지 않았다

저는 됐어요,라고 말할 때
되지 않았다

아니에요,라고 말할 때
아니지 않았다

하나 마나 한 말이지만,
내가
나라고 부르는 애야,
너한테 분명히 말해 둘게

아무 때나 웃지 마,
어색할 때는 그냥 있어도 돼

처음 면도하던 날

양영길

개학을 앞두고
아빠가 면도를 하자고 했다.
이제 중3이 되는 거니까
수염부터 깎아야 한다고 했다.
어른스러워져야 한다는 거였다.

식구 모두 외식할 때가 생각났다.
동생이 초경 했다며
엄마 아빠가 축하해 주던 때,
엄마가 브라를 사다 주며
외식을 했다.
메뉴도 동생이 정했다.

아빠는 수염을 깎아 주지도 않고
면도기 하나 사다 주며
자기가 하는 걸 잘 보라고
곡면을 따라 부드럽게 이래라저래라 말하고
아빠 수염만 깎으면서

잘못하면 벤다는 말만 해 줬다.

엄마는 면도를 끝낸 내 얼굴을 보면서
두 손으로 만지고 살피면서
"언제 이렇게 의젓해졌어,
여자애들이 그냥 놔두지 않겠네." 하면서
웃기만 했다.

거울을 보았다.
거울 속에 비친 나는
어느새 대학생처럼 보였다.
나는 나의 턱을 쓰다듬으며
얼짱 각도를 찾아보았다.

줄 달린 인형
김경구

인형을 만들고
양 손과 발에 줄을 길게 묶고
위에서 잡아당겨 몸동작을 하지

어렸을 적엔
정말 재미있어 푹 빠져 들었어
인형극 속의 주인공 인형이 되고 싶었어

얼마나 간절히 원했을까
지금의 내가 딱 그 인형이 되었어

누군가 하루 종일
줄을 잡아당기지

피시방 가고 싶을 때
확!
아주 잠깐 코인 노래방 가고 싶을 때
확!

학원 빠지고 친구랑 시내 구경 가고 싶을 때
확!

어찌 그리 잘 알고
팽
팽
팽
줄을 잡아당기는지
팔이나 다리 하나가 쑥 빠질 것만 같아

딱지
이준관

나는 어릴 때부터 그랬다.
칠칠치 못한 나는 걸핏하면 넘어져
무릎에 딱지를 달고 다녔다.
그 흉물 같은 딱지가 보기 싫어
손톱으로 득득 긁어 떼어 내려고 하면
아버지는 그때마다 말씀하셨다.
딱지를 떼어 내지 말아라 그래야 낫는다.
아버지 말씀대로 그대로 놓아두면
까만 고약 같은 딱지가 떨어지고
딱정벌레 날개처럼 하얀 새살이
돋아나 있었다.
지금도 칠칠치 못한 나는
사람에 걸려 넘어지고 부딪히며
마음에 딱지를 달고 다닌다.
그때마다 그 딱지에 아버지 말씀이
얹혀진다.
딱지를 떼지 말아라 딱지가 새살을 키운다.

먹구름도 환하게
박선미

실컷 울고 나면
먼 길 떠날 수 있다

제2부

어른들도 때로는

사나운 언니가 되는 법
김응

사나운 언니가 되려면
절대 손톱 발톱을 깎지 마

사나운 언니가 되려면
눈을 부릅뜨고 이빨을 드러내

사나운 언니가 되려면
머리카락을 마구 헝클어뜨려

사나운 언니가 되려면
아무 때고 목청껏 소리 질러

그래도 사나운 언니가 되지 않았다면
그냥 동생 엉덩이를 뻥 차 버려

단, 한 가지 주의할 점이 있어
동생은 언니를 꼭 따라 하거든

사나운 동생을 조심해!

눈사람

김원석

참
좋겠다
공부하라는 말을 안 들으니까

정말
부럽다
하루 종일 바깥에서 노니까

엄마는 알까
이런 내 마음을

어른들도 때로는

김자미

사춘기 형 같다고 해야 하나,
미운 일곱 살 동생 같다고 해야 하나,
암튼 그랬대요
엄마 눈에 아빠는요

고분고분 말 잘 듣는 범생이 같다고 해야 하나,
사탕 물린 애 같다고 해야 하나,
암튼 그렇대요
엄마 눈에 아빠는요

지금 우리 아빠
새 장난감에 푹 빠져 있거든요
오늘도 회사 마치자마자 집에 와서
기타를 갖고 놀고 있어요

때로는 어른들도 장난감이 필요한가 봐요

꿈속에서

서정홍

우리 엄마가 달라졌어요

학교 갈 때는
— 가서 놀아라 놀아!
아이들이 놀아야 학교가 산다

학원 갈 때는
— 꼭 가야만 하겠니?
아이들이 놀아야 마을이 산다

숙제할 때는
— 머리 터진다 터져!
아이들이 놀아야 도시가 산다

일기 쓸 때는
— 맨날 쓸 게 무어 있니?
아이들이 놀아야 나라가 산다

우리 엄마가 달라졌어요

피노키오

박제영

1

거짓말하면 키오키오 코가 길어진단다

도은이가 거울을 보면서 자기 코를 만질 때
우리 딸 거짓말한 거 있지요?
물어보면
달기똥 같은 눈물이 그렁그렁 맺히는

우리 집에는 열 살짜리 피노키오가 산다

2

아빠 말대로라면 아빠 코는 코끼리 코보다 길어졌겠지요

아직도 내가 어린앤 줄 아는 아빠 생각하면
어른이 되면 안 될 것 같아서
거울을 보다가
그만 눈물이 나기도 하는데요

우리 집에는 피노키오를 사랑하는 코끼리가 삽니다

립스틱

공광규

위암 수술 받고 누워 계신

우리 할머니

홍삼즙을 사 와도 시큰둥

과자를 사 와도 시큰둥

떡을 사 와도 시큰둥

오랜만에 고모가 립스틱을 사 오자

벌떡 일어나 거울을 찾는다.

할머니 속에는

처녀가 들어 있나 보다.

목욕간

오장환

내가 수업료를 바치지 못하고 정학을 받어 귀향하였을 때 달포가 넘도록 청결을 하지 못한 내 몸을 씻어 볼려고 나는 욕탕엘 갔었지

뜨거운 물속에 왼몸을 잠그고 잠시 아른거리는 정신에 도취할 것을 그리어 보며

나는 아저씨와 함께 욕탕엘 갔었지

아저씨의 말씀은 "내가 돈 주고 때 씻기는 생전 처음인걸" 하시었네

아저씨는 오늘 할 수 없이 허리 굽은 늙은 밤나무를 베어 장작을 만들어 가지고 팔러 나오신 길이었네

이 고목은 할아버지 열두 살 적에 심으신 세전지물(世傳之物)이라고 언제나 "이 집은 팔어도 밤나무만은 못 팔겠다" 하시더니 그것을 베어 가지고 오셨네그려

아저씨는 오늘 아츰에 오시어 이곳에 한 개밖에 없는 목욕탕에 이 밤나무 장작을 팔으시었지

그리하여 이 나무로 데운 물에라도 좀 몸을 대이고 싶으셔서 할아버님의 유물의 부품이라도 좀 더 가차이 하시려고 아저씨의 목적은 때 씻는 것이 아니었던 것일세

세 시쯤 해서 아저씨와 함께 나는 욕탕엘 갔었지

그러나 문이 닫혀 있데그려

"어째 오늘은 열지 않으시우" 내가 이렇게 물을 때에 "네 나무가 떨어져서" 이렇게 주인은 얼버무리었네

"아니 내가 아까 두 시쯤 해서 판 장작을 다 때었단 말이요?" 하고 아저씨는 의심스러이 뒷담을 쳐다보시었네

"へ, 實は 今日が市日で あかたらけの田舍っぺーが群をなして來ますからねえ"* 하고 뿔떡같이 생긴 주인은 구격이 맞지도 않게 피시시 웃으며 아저씨를 바라다보았네

"가자!"

"가지요" 거의 한 때 이런 말이 숙질의 입에서 흘러나왔지

아저씨도 야학에 다니셔서 그따위 말마디는 알으시네 우리는 패씸해서 그곳을 나왔네

그 이튿날일세 아저씨는 나보고 다시 목욕탕엘 가자고 하시었네

"못 하겠습니다 그런 더러운 모욕을 당하고⋯⋯"

"음 네 말도 그럴듯하지만 그래두 가자" 하시고 강제로

나를 끌고 가셨지

* 에, 실은 오늘이 장날인데 때투성이 시골뜨기들이 떼를 지어 오기 때문에

삼촌
김영롱

삼촌이 돌아가실 적에
나는 엉엉 울었다.
누가 죽었는지도 모르고 어른들이
울길래 따라 울었다.

그러나 숟갈을 놓을 적에
일곱 개를 놓다가 여섯 개를 놓으니
가슴속에서
눈물이 왈칵 나왔다.

빵집

이면우

빵집은 쉽게 빵과 집으로 나뉠 수 있다
큰 길가 유리창에 두 뼘 도화지 붙고 거기 초록 크레파
스로
아저씨 아줌마 형 누나님
우리 집 빵 사 가세요
아빠 엄마 웃게요,라고 써진 걸
붉은 신호등에 멈춰 선 버스 속에서 읽었다 그래서
그 빵집에 달콤하고 부드러운 빵과
집 걱정 하는 아이가 함께 있는 걸 알았다

나는 자세를 반듯이 고쳐 앉았다
못 만나 봤지만, 삐뚤빼뚤하지만
마음으로 꾹꾹 눌러쓴 아이를 떠올리며

엄마의 울음

임길택

잠을 자는데
엄마의 울음소리가 들렸습니다

엄마 왜 울어
묻고 싶었지만
용기가 나질 않았습니다

그래서
이불을 덮어쓰고 있으니
내 눈에서도 눈물이 나왔습니다

참을라고 해 봐도
자꾸만 눈물이 나왔습니다

성선설

함민복

손가락이 열 개인 것은
어머님 배 속에서 몇 달 은혜 입나 기억하려는
태아의 노력 때문인지도 모릅니다.

꼴찌를 위하여

이봉직

　사람들 발길 끊긴 참외밭가에 파랗게 매달려 있는 몇 개
의 끝물* 참외를 위해 아침마다 이슬은 함초롬히 뿌리를
적셔 주고, 해님은 밭가에 머무는 시간이 자꾸만 길어진
다. 멀리 숲속을 빠져나온 바람은 온갖 새소리를 실어 와
밭가에 풀어 놓고, 별들은 눈 한 번 깜빡거리지 않고 밤새
지켜봐 준다.

　꼴찌를 위하여 이슬과 해님과 바람과 별들이 나누어 하
는 일을 우리 엄마는 혼자서 다 하신다.

* 끝물: 과일이나 채소 등이 그해의 맨 나중에 나는 것을 말함.

| 제3부 |

우리 딱 통한 거지

배달

김유호

어머니 가게에 앉아 쉬고 있는데
전화 한 통이 걸려 온다.
"유호야, 배달 한번 갔다 오너라."
나는 어머니가 주시는 철가방과 쪽지를 받아 들고
가게를 나섰다.
띵동띵동, 찰카닥 문이 열린다.
"삼천 원입니다." 하고 앞을 보니
초등학교 동창이다.
여느 때와 다름없이 "감사합니다." 하고는
돈을 받아 나왔다.
오늘따라 올라오는 엘리베이터가 늦다.

싸움의 법칙

이병승

초등학교 6학년 때
왕주먹의 고릴라 같은 그 녀석
하지 말래도 뒤에서 자꾸 등을 찔러 대기에
참다 참다 책상을 뒤엎으며 시작된 싸움
한 주먹 거리도 안 되는 나에게
코피 터지게 얻어맞고도
고릴라는 실실 웃었고
아이들의 환호성이 터졌지만 외려 나는
책상에 엎드려 서럽게 울었다
고릴라는 힘이 없어서 맞은 게 아니라
범생이를 때리면 자기만 혼난다는 것을 알고
일부러 맞아 주고 있다는 걸
때리는 중에도 이미 알았기 때문이었다
세상에는 이기고도 지는 싸움과
지고도 이기는 싸움이 있다
살아가면서 그런 때를 만날 때면
그 고릴라가 생각나곤 했다

붕어빵
송현

학교 앞 가게엔 붕어빵을 팔지요.
우리 마을에서 붕어빵을 마음대로 사 먹을 수 있는 아이는
큰대문집 아들 태수뿐이어요.

태수가 붕어빵을 먹는 것을 볼 때마다 침이 꼴깍꼴깍 넘어가지요.
태수는 말했어요.
사람은 공짜를 바라면 못쓴다나요.
그래서 윤칠이는 태수의 가방을 들어 주고
붕어빵 한 입 얻어먹고,
동민이는 태수의 숙제를 해 주기로 하고
붕어빵 한 입 얻어먹고,
상길이는 알밤 한 대 맞고 붕어빵 한 입 얻어먹고,
태수는 나에게 "너도 한 입 먹고 싶으면 알밤 한 대 맞아라." 하길래
처음엔 한 대 맞고 한 입 먹었으면 하는 생각도 들었어요.

그러나

"붕어빵은 먹고 싶지만, 비굴하게 얻어먹고 싶지는 않
다."고 말했지요.
　그러자 태수는 "미안하다, 나는 장난으로 그랬어." 하면
서 붕어빵을 통째로 날 주더군요.

　태수가 나를 보고 멋쩍게 웃길래
　나는 빙그레 웃었지요.

용서를 받다
박성우

짝이 돈을 잃어버렸다
몇 번이고 같이 찾아 보았지만
잃어버린 돈은 나오지 않았다

날 의심하는 거야?
너 아니면 가져갈 사람이 없잖아!
짝은 엉뚱하게도 나를 의심했다
아니라고 부정할수록 자존심만 구겨졌다

하늘이 백 조각 나도 나는 결백하다

기어이 교무실까지 불려 가고 말았다
담임 선생님도 나를 의심하는 눈치였다

끝까지 아니라고 했지만
이번 한 번만 그냥 넘어가 준다며
너그럽게 다그쳤다

몸이 부들부들 떨려 왔고
이를 앙다물고 참아도 눈물이 났다

내 짝은 우리 반 일 등에다가
모든 선생님들께 예쁨을 받는 애니까

어이없게도 나는
아무 잘못도 없이 용서를 받았다

달라서 좋은 내 짝꿍
신경림

내 짝꿍은 나와
피부 색깔이 다르다
나는 그 애 커다란 눈이 좋다

내 짝꿍 엄마는 우리 엄마와
말소리가 다르다
나는 그 애 엄마 서투른 우리말이 좋다

내 외가는 서울이지만
내 짝꿍 외가는 먼 베트남이다
마당에서 남십자성이 보인다는

나는 그 애 외가가 부럽다
고기를 잘 잡는다는 그 애 외삼촌이 부럽고
놓아기른다는 물소가 보고 싶다

그 애 이모는 우리 이모와
입는 옷이 다르다

나는 그 애 이모의 하얀 아오자이가 좋다

내 남친 영호

김선우

내가 좋아하는 선생님이 그랬어
단순한 게 진리래

내가 영호를 남친 삼은 이유는 단순해
지난주 체육 시간에 뜀틀을 했는데
수돗가에서 영호가 그랬거든
— 수아야, 너 머리카락에 햇빛이 잔뜩 묻었다

오글거린다고?
난 그렇게 말할 줄 아는 영호가
단박에 좋아졌거든

깡충깡충 뜀틀을 뛸 때
나도 내 머리카락에 햇빛을 막 묻히는 기분이었거든
뭔가 온통 반짝거리고 달콤해진 기분!

우린 딱 통한 거지
단순한 게 진리래

— 수아야, 여기 아직 아프냐?
내 턱에 밉게 난 흉터
가까이서 본 애들은 징그럽다고 하는데
영호는 아프지 않냐고 물었거든

인간성에 대한 반성문 2
권정생

도모코는 아홉 살
나는 여덟 살
이 학년인 도모코가
일 학년인 나한테
숙제를 해 달라고 자주 찾아왔다.

어느 날, 윗집 할머니가 웃으시면서
도모코는 나중에 정생이한테
시집가면 되겠네
했다.

앞집 옆집 이웃 아주머니들이 모두 쳐다보는 데서
도모코가 말했다.
정생이는 얼굴이 못생겨 싫어요!

오십 년이 지난 지금도
도모코 생각만 나면
이가 갈린다.

달같이

윤동주

연륜이 자라듯이
달이 자라는 고요한 밤에
달같이 외로운 사랑이
가슴 하나 뻐근히
연륜처럼 피어 나간다.

짝사랑

양정자

열다섯 살 중2짜리 김영주
수학을 좋아해서 수학 선생님도 좋아했네
부끄럼 잘 타는 그 총각 선생님
여학생 앞에서 자칫 낯 붉어질까 봐
공연히 엄한 체 한눈 한 번 팔지 않는데
영주 혼자 남몰래 가슴 태웠네
손톱에 봉숭아 물이 남아 있는 동안
첫사랑이 이루어진다는 말을 듣고
그해 여름
열 손가락에 봉숭아 꽃물을 들였네
붉은 꽃물 들인 손톱이 길어져서 자를 때마다
그 애는 살을 에는 아픔을 느꼈네
남몰래 속 앓는 얼굴에 노랑꽃이 피고
화려하던 성적이 자꾸만 떨어졌네
2학기 중간고사 수학 점수가 너무 나빠
속사정도 모르는 수학 선생님께 꾸중까지 듣고
그 참담함이란 차라리 죽고 싶은 심정이었네
수학 선생님이 그해 11월 결혼하던 날

이제 손톱 끝에 초승달처럼 가늘게 남아 있는
봉숭아 물 자국을 마지막으로 깎아 내면서
영주는 울지 않으려고 입술을 깨물었네
그 이후 그 애는 갑자기 웃음을 잃고
몇 년 앞서 어른처럼 철들어 버렸네
아무도 눈치채지 못했네
그 애 혼자 앓았던
열병 같은 그 성장의 아픔을

그 놋숟가락
최두석

그 놋숟가락 잊을 수 없네
귀한 손님이 오면 내놓던
짚수세미로 기와 가루 문질러 닦아
얼굴도 얼비치던 놋숟가락

사촌 누님 시집가기 전 마지막 생일날
갓 벙근 꽃봉오리 같던
단짝 친구들 부르고
내가 좋아하던 금례 누님도 왔지

그때 나는 초등학교 졸업반
누님들과 함께 뒷산에 올라
굽이굽이 오솔길 안내하던 나에게
날다람쥐 같다는 칭찬도 했지

이어서 저녁 먹는 시간
나는 상에 숟가락 젓가락을 놓으며
금례 누님 자리의 숟가락을

몰래 얼른 입속에 넣고는 놓았네

그녀의 이마처럼 웃음소리 환하던
부잣집 맏며느리감이라던 금례 누님이
그 숟가락으로 스스럼없이 밥 먹는 것
나는 숨 막히게 지켜보았네

지금은 기억의 곳간에 숨겨 두고
가끔씩 꺼내 보는 놋숟가락
짚수세미로 그리움과 죄의식 문질러 닦아
눈썹의 새치도 비추어 보는 놋숟가락.

눈이 퉁퉁 붓도록 나무랑 싸웠다

김륭

하루가 멀다 하고 아옹다옹 싸우던
3학년 8반 김진우가 이사 가던 날, 엄동수는
학교 운동장 구석 이팝나무 밑에 앉아서
아무도 몰래 울었네

그런 동수를 우두커니 내려다보고 있던
이팝나무가 이제 그만 울라며
눈물부터 닦으라는 듯 잎사귀 몇 장
손수건처럼 던졌네

이제 집에 가야 할 시간이라고
밥 먹으러 갈 시간이라고
왈칵, 어두워진 하늘을 보여 주었지만
동수는 막무가내였네

네가 뭘 안다고, 진우를 꽁꽁
염소처럼 묶어 두지도 못한 주제에
무슨 간섭이냐고, 엄동수는

도끼눈을 떴네

― 조금 울 거면 울지 않을 거야
세상이 떠내려가도록
크게 울 거야

어떤 날엔 눈도 마주치기 싫던
진우가 자꾸 보고 싶었네
눈이 퉁퉁 붓도록, 진우를 부르며
엄동수는 나무랑 싸웠네

하나처럼 — 동주*와 몽규*
남호섭

동주와 몽규는 두만강 건너 아름다운 명동촌, 명동소학교부터 단짝이었다. 중학생 동주는 축구 잘하고 재봉틀로 옷도 고쳐 입을 줄 알았던 멋쟁이. 나라 빼앗겨 말도 빼앗긴 시절 홀로 밤마다 우리말 시를 썼다.

몽규도 중학생 때 신춘문예에 당선되고, 임시 정부 김구 선생 찾아가 군사 훈련까지 받은 소년 독립운동가. 대학생 돼서도 둘은 한 교실에서 공부하는 가장 든든한 동무면서 맞수였다.

일본에서 공부할 때 몽규는 일본 경찰에 끌려갔다. 나흘 뒤에 동주도 잡혀갔다. 그들에게 붙여진 죄명은 치안 유지법 위반, 조선 독립운동 혐의였다.

그리고 같은 감옥에서 둘은 죽었다.
"저놈들이 강제로 주사를 맞으라고 해서 맞았다가 이 모양이 됐어요. 동주도……."

시체를 찾으러 온 동주 아버지를 만나 병색이 짙은 얼굴로 몽규는 말을 잇지 못했다. 그런 그도 십구 일 뒤에 죽었다. 여섯 달 뒤면 해방이었다.

동주와 몽규는 사촌이었다. 아름다운 명동촌 같은 고향 집에서 같은 해에 태어나 스물아홉 해를 살았다. 둘이었으나 하나처럼 살았다.

* 동주: 윤동주(1917~1945)
* 몽규: 송몽규(1917~1945)

천천히 와
정윤천

천천히 와
천천히 와
와, 뒤에서 한참이나 귀울림이 가시지 않는
천천히 와

상기도 어서 오라는 말, 천천히 와
호된 역설의 그 말, 천천히 와

오고 있는 사람을 위하여
기다리는 마음이 건네준 말
천천히 와

오는 사람의 시간까지, 그가
견디고 와야 할 후미진 고갯길과 가쁜 숨결마저도
자신이 감당하리라는 아픈 말
천천히 와

아무에게는 하지 않았을, 너를 향해서만

나지막이 들려준 말
천천히 와.

막동리 소묘 172

나태주

내가 너를 얼마나 좋아하는지 너는 몰라도 된다.

너를 좋아하는 마음은 오로지 나의 것이요,

나의 그리움은 나 혼자만의 것으로도 차고 넘치니

까……

나는 이제 너 없이도 너를 좋아할 수 있다.

제4부

파도의 말

걱정 많은 날

황인숙

옥상에 벌렁 누웠다
구름 한 점 없다
아니, 하늘 전체가 구름이다
잿빛 뿌연 하늘이지만
나 혼자 독차지
좋아라!
하늘과 나뿐이다
옥상 바닥에 쫘악 등짝을 펴고 누우니
아무 걱정 없다
오직 하늘뿐
살랑살랑 바람이
머리카락에도 불어오고
발바닥에도 불어오고
옆구리에도 불어온다
내 몸은 둥실 떠오른다
아 좋다!
둥실, 두둥실

데미안

고영민

양계장 하던 우리 집
3만 마리 닭이 있었다
산란계가 2만 마리,
1만 마리는 이제 알집을 만드는
어리고 순진한 닭들
학교 갔다 돌아오면 매일
형과 함께 2만 개
알을 수거했다
오늘 2만 개 알을 수거하면
다음 날 닭들이 2만 개의 알
그 자리에 또 갖다 놓았다
매일매일 죽어라 갖다 놓았다
이 쳐 죽일 놈의 닭,
맨날 처먹고 알만 낳네
꼬끼오, 성대 삐뚤어진 소리로
닭들이 막 웃었다

징검다리

원무현

이듬해는 유급을 해야 할 처지였던
그해 겨울 돼지가 새끼를 낳았다
그중 젖을 찾아 먹지 못하는 약골 두 마리 있었다
아버지는 끼니때마다 그것들을 품에 안아
학교에서 배급받아 온 전지분유를 풀어 먹이곤 했다

젖을 뗀 녀석들을 내다 판 이듬해
상급반 교실에 무사히 발을 디딜 수 있었다
시냇물이 흐르는 풍경을 그리던 미술 시간
징검돌과 징검돌 사이에 징검돌을 놓았다
까맣게 옹크린 새끼 돼지 두 마리
거친 물살을 견디고 있었다

지는 해
정유경

친구랑 싸워 진 날 저녁
지는 해를 보았네.

나는 분한데
붉게
지는 해는 아름다웠네.

지는 해는 왜
아름답냐?

지는 해 앞에 멈춰 서서
나는 생각했네.

지는 것에 대해서.

파도의 말
이해인

울고 싶어도
못 우는 너를 위해
내가 대신 울어 줄게
마음 놓고 울어 줄게

오랜 나날
네가 그토록
사랑하고 사랑받은
모든 기억들
행복했던 순간들

푸르게 푸르게
내가 대신 노래해 줄게

일상이 메마르고
무디어질 땐
새로움의 포말로
무작정 달려올게

못

김숙분

못은 망치에
얻어맞는다.

고통을
이겨 내며
벽에 조금씩 박힌다.

그때 비로소
못은
힘을 갖는다.

무거운 액자와
시계를
거뜬히 든다.

해바라기씨

정지용

해바라기씨를 심자.
담 모롱이 참새 눈 숨기고
해바라기씨를 심자.

누나가 손으로 다지고 나면
바둑이가 앞발로 다지고
괭이가 꼬리로 다진다.

우리가 눈 감고 한 밤 자고 나면
이슬이 내려와 같이 자고 가고,

우리가 이웃에 간 동안에
햇빛이 입 맞추고 가고,

해바라기는 첫 시악시인데
사흘이 지나도 부끄러워
고개를 아니 든다.

가만히 엿보러 왔다가
소리를 깩! 지르고 간 놈이—
오오, 사철나무 잎에 숨은
청개구리 고놈이다.

흙

문정희

흙이 가진 것 중에
제일 부러운 것은 그의 이름이다
흙 흙 흙 하고 그를 불러 보라
심장 저 깊은 곳으로부터
눈물 냄새가 차오르고
이내 두 눈이 젖어 온다

흙은 생명의 태반이며
또한 귀의처인 것을 나는 모른다
다만 그를 사랑한 도공이 밤낮으로
그를 주물러서 달덩이를 낳는 것을 본 일이 있다
또한 그의 가슴에 한 줌의 씨앗을 뿌리면
철 되어 한 가마의 곡식이 돌아오는 것도 보았다
흙의 일이므로
농부는 그것을 기적이라 부르지 않고
겸허하게 농사라고 불렀다

그래도 나는 흙이 가진 것 중에

제일 부러운 것은 그의 이름이다
흙 흙 흙 하고 그를 불러 보면
눈물샘 저 깊은 곳으로부터
슬프고 아름다운 목숨의 메아리가 들려온다
하늘이 우물을 파 놓고 두레박으로
자신을 퍼 올리는 소리가 들려온다

닭장 증후군

이희중

어려서 소읍 변두리 한물간 양계 마을에 잠시 산 적이 있습니다. 세 칸 초가집을 에두른 탱자나무 울타리 안 한쪽에 네댓 평 닭장 자리가 있었답니다. 놀리기 싫으셨는지 돈이 아쉬우셨는지 아니면 심심하셨는지, 어느 봄날 부모님께서는 병아리를 한 쉰 마리 들여놓으셨지요. 고것들 자라서 낳은 따끈한 알을 날로 깨어 먹던 맛이 가끔 생각납니다. 그게 비릿하던가, 고소하던가.

닭들은 종일 걸어 다니며 무언가를 쪼아 보는 게 일인데요. 간혹 똥구멍이 헌 닭이 있으면 다른 놈들이 하얀 바탕에 그 빨간 무엇을 무심히 툭, 쪼는 겁니다. 똥구멍의 상처는 조금씩 더 커지고 일삼아 따라다니며 쪼아 대는 놈들까지 생겨나 표지 아닌 표지를 지닌 닭은 결국 내장을 다 쏟고 죽고는 했지요.

양계 마을을 떠난 지 수십 년이 되었고 생달걀 따위는 이제 먹지 않는 세상이 되었고 흰 닭이 낳는 흰 달걀은 구경조차 하기 어렵게 되었는데도, 대수롭지 않은 구별 때문에 동무들에게 노리개가 되고 이윽고 먹이가 되던 닭장 속 참사가 가끔 새롭습니다. 어어, 여기가 닭장? 물론 약점이 있으면 도태되는 것이 야생의 섭리겠지만요.

통사론(統辭論)

박상천

주어와 서술어만 있으면 문장은 성립되지만
그것은 위기와 절정이 빠져 버린 플롯 같다.
'그는 우두커니 그녀를 바라보았다.'라는 문장에서
부사어 '우두커니'와 목적어 '그녀를' 제외해 버려도
'그는 바라보았다.'는 문장은 이루어진다.
그러나 우리 삶에서 '그는 바라보았다.'는 행위가
뭐 그리 중요한가
우리 삶에서 중요한 것은
주어나 서술어가 아니라
차라리 부사어가 아닐까
주어와 서술어만으로 이루어진 문장에는
눈물도 보이지 않고
가슴 설렘도 없고
한바탕 웃음도 없고
고뇌도 없다.
우리 삶은 그처럼
결말만 있는 플롯은 아니지 않은가.

'그는 힘없이 밥을 먹었다.'에서
중요한 것은 그가 밥을 먹은 사실이 아니라
'힘없이' 먹었다는 것이다.

역사는 주어와 서술어만으로도 이루어지지만
시는 부사어를 사랑한다.

소금

류시화

소금이
바다의 상처라는 걸
아는 사람은 많지 않다
소금이
바다의 아픔이라는 걸
아는 사람은 많지 않다
세상의 모든 식탁 위에서
흰 눈처럼
소금이 떨어져 내릴 때
그것이 바다의 눈물이라는 걸
아는 사람은
많지 않다
그 눈물이 있어
이 세상 모든 것이
맛을 낸다는 것을

내가 너만 한 아이였을 때 — 아들에게
민영

내가 너만 한 아이였을 때
늘 약골이라 놀림받았다.
큰 아이한테는 떼밀려 쓰러지고
힘센 아이한테는 얻어맞았다.

어떤 아이는 나에게
아버지 담배를 가져오라 시키고,
어떤 아이는 나에게
엄마 돈을 훔쳐 오라고 시켰다.

그럴 때마다 약골인 나는
나쁜 짓인 줄 알면서도 갖다주었다.
떼밀리는 게 싫었기 때문이다.
얻어맞는 게 두려웠기 때문이다.

그러던 어느 날 나는 생각했다.
언제까지 이렇게 살아야 하나?
떼밀리고 얻어맞으며 지내야 하나?

그래서 나는 약골들을 모았다.

모두 가랑잎 같은 친구들이었다.
우리는 더 이상 비굴할 수 없다.
얻어맞고 떠밀리며 살 수는 없다.
어깨를 겨누고 힘을 모으자.

처음에 친구들은 주춤거렸다.
비실대며 꽁무니 빼는 아이도 있었다.
일곱이 가고 셋이 남았다.
모두 가랑잎 같은 친구들이었다.

우리는 약골이다.
떠밀리고 얻어맞는 약골들이다.
그러나, 약골도 뭉치면 힘이 커진다.
가랑잎도 모이면 산이 된다.

한 마리의 개미는 짓밟히지만,

열 마리가 모이면 지렁이도 움직이고
십만 마리가 덤벼들면 쥐도 잡는다.
백만 마리가 달려들면 어떻게 될까?

코끼리도 그 앞에서는 뼈만 남는다.
떼밀리면 다시 일어나자!
맞더라도 울지 말자!
약골의 송곳 같은 가시를 보여 주자!

내가 너만 한 아이였을 때
우리나라도 약골이라 불렸다.
왜놈들은 우리 겨레를 채찍질하고
나라 없는 노예라고 업신여겼다.

내가 만약 화가라면

김남주

내가 만약 화가라면
나는 그리지 않을 것이다
몸에 상처 하나 없이
미끈한 나무는

나는 그리지 않을 것이다
내가 만약 화가라면
얼굴에 흉터 하나 없이
반반한 사람은

그런 나무 미끈한 나무
세상 어딘가에 없어서가 아니다
그런 얼굴 반반한 얼굴
세상 어딘가에 없어서가 아니다

내가 사는 동네에는
비바람 눈보라에 시달리느라 그랬는지
상처 없는 나무가 없기 때문이다

내가 사는 동네에는
가뭄과 홍수와 싸우느라 그랬는지
흉터 없는 얼굴이 없기 때문이다

어린 나무
유형진

나 어릴 때 창문 아래 살던 작은 나무야
나는 오늘 너를 생각해
너는 서쪽 창가에 언제나 있었지
하늘이 조금씩 붉어질 때 너는
내가 어린 나무란 게 참 좋아, 하고 말했지
난 그 말을 금방 알아들을 수 있었어

아이들은 학교에 가고 엄마 아빠는 밭에 나가고 너는 내
창문 아래 서서 하늘에게 모두의 안부를 길어다 주었지 찐
고구마를 부엌 쥐가 먹어 버린 것과 엄마의 커피를 몰래
타 먹다가 프림을 다 엎지른 일과 오빠의 딱지를 우물에
빠트린 것과 택이네 돼지가 새끼를 낳다가 죽은 일과 구슬
치기 하다가 여덟 개가 시궁창으로 빠진 일과 우박이 갑자
기 쏟아져서 아욱잎이 찢어진 일들……

오늘은 너를 생각해
작은 잎새랑 그 잎새를 흔들던 바람이랑은 이제 어디로
떠났을까?

네 잎을 먹으며 점점 뚱뚱해지던 애벌레도
나비가 되어 돌아오지 않겠지

서쪽 창가의 어린 나무야
나는 오늘 너를 생각해
하늘은 그때처럼 붉어지지만 아이들은 돌아오지 않아
오지 않는다는 건 기다리지 말라는 얘기
기다리면서 어린 나무는 늙어 가니까

자아의 연금술, 성장시를 찾아서

어렸을 때 나는 내가 새인 줄 알았다. 아무 데서나 노래가 흘러나왔으니까. 학교에서도 집에서도 들판에서도 저절로 여울처럼 출렁거리곤 했으니까. 그때 나는 소유한 것도 없었고 특별한 지적 능력도 없었지만 풀잎에 맺힌 물방울과 눈을 맞출 줄 알았고 노을의 아름다움과 쓸쓸함 앞에 지긋이 멈춰 설 줄 알았다.

자신을 둘러싼 세계에 섬세하게 반응하던 그때의 나는 지금의 나보다 더 자유인에 가깝지 않았을까. 그 고귀한 감각을 잃어버린 때는 아마도 사회로의 입문 과정을 충실히 밟고 있던 청소년 시절이었던 것 같다. 그때 나는 노래와 이야기를 잃어버렸다. 도시의 복잡한 제도와 학교에서의 숱한 기호들 그리고 성인으로서 살기 위한 준비물들을 폭식하듯 흡입하면서 이내

소화 불량 같은 우울증이 찾아왔다. 근대 올림픽 표어처럼 '더 높게, 더 빠르게, 더 멀리'를 부추기는 교육 현장의 경쟁 구도 속에서 나는 곧 실패를 맛보았으며 낙오자가 될지도 모른다는 불안감에 끝도 없이 시달려야 했다.

노래와 이야기를 잃어버린 소년이 그것들을 회복하기 위해 독서에 매달린 것은 필연이었다. 나는 독서를 통해 잃어버린 세계를 애도함으로써 자연스럽게 과거로부터 자유로워졌으며 새로운 정체성을 향해 나아갈 수 있었다.

영혼의 변형, 요컨대 자아의 연금술이 이루어지던 그 시절 내 도서 목록에 이야기만 있었던 것은 아니다. 그저 마음속에 흐릿하게 맴돌던 갈망을 그린 시를 접하며 나는 내면에 웅크리고 있던 무언가가 땅거죽을 밀고 올라오는 씨앗처럼 조금씩 꿈틀거리는 것을 느꼈다.

모든 시인들은 일찍이 잃어버린 세계에 대한 강력한 향수와 부정적 현실에 대한 자각 속에서 시를 쓴다. 그러기에 시는 자서전일 수밖에 없으며 고백과 성찰을 축으로 한 성장의 드라마인 경우가 많다. 그럼에도 우리 문학에 성장 소설은 있어도 '성장 시'는 없다. 이상하지 않은가? '성장 시'라는 틀로 시를 조명할 때 우리의 성장 문학이 가진 장르 불균형을 조금은 해소할 수 있을 뿐 아니라 소설과는 다른 시적 성장통과의 만남을 통해 보다 더 정서적이고도 다채롭게 내면을 탐색할 수 있을 텐데 말이다.

어쩌면 너무도 당연해서 '성장 시'라 명명되지 않은 시들을 '성장통'을 근거로 묶을 생각을 한 것은 세월호의 비극이 있고 난 뒤다. 세월호 침몰 장면을 본 다음 날 한 고등학교에 특강을 갈 일이 있었다. 그날 강의를 망치고 교문을 나서면서 다짐했다. 이다음에는 청소년 시집을 내겠다고. 그리고 다시 다짐했다. 한때 청소년이었던 시인들이 성인이 되기 위한 통과의례를 거치면서 겪은 아픔이 어떻게 꽃으로 피어나는지를 그린 시들을 모아 청소년들에게 선물하겠다고. 몇 년 뒤 나는 첫 번째 약속을 지켰다. 그리고 다시, 이 시집을 묶게 되었다.

　이 시집을 엮으며 나는 내 내면의 바다에 한 아이가 가라앉아 있음을 알게 되었다. 어른이 되기 위해 가만히 있으라고 명령하곤 까맣게 잊어버린……. 그 아이는 호기심이 많아서 질문의 왕으로 통하였으나 어찌된 영문인지 상급 학교에 진학하면서 점점 입을 닫고 침묵하게 된 아이였다. 그 아이는 삶이 무엇인지, 인간은 왜 죽는지와 같은 비실용적인 고민들로 밤을 새우길 좋아하였으나 그것이 현실적으로 아무런 쓸모가 없는 생각들이라는 것을 알게 된 뒤 우울증을 앓게 된 아이였다. 그 아이는 무엇보다 여리고 아프고 그늘진 것들과 함께 놀길 좋아하였으나 아웃사이더가 되지 않기 위해 언젠가부터 마음의 문을 닫고 무뚝뚝해져 버린 아이였다. 이 선집을 준비하는 과정은 내 내면의 바다에 가라앉은 배를 견인하는 작업이기도 했고, 오래전에 잊어버린 아이를 잠수부처럼 부둥켜안은 시인들

의 시편들을 마주하면서 일그러진 나를 성찰하는 시간이기도
했다.

　육백여 편 넘는 1차 자료를 수집하는 데 도움을 주신 독자들
과 습작하는 학생들에게 고마움을 전한다. 학교 현장과 보다
실감 나게 만날 수 있도록 학생들과 함께 독회를 열고 모니터
링을 해 주신 선생님들의 도움을 잊을 수 없다. 이 가운데 자연
스럽게 '나, 가족, 학교, 사회와 자연'으로 부 나눔이 이뤄졌다.
가능한 한 시인들의 직간접적인 성장통이 드러나는 작품들과
성장 화자의 목소리가 비교적 또렷한 작품들로 그 외연을 축소
하였다는 점을 따로 밝혀 둔다. 여기서 많은 시편들이 제외되
었다. 외연을 지나치게 확장할 경우, '과연 '성장 시' 아닌 것이
어디 있는가?' 하는 곤혹스러운 질문을 피할 수 없을 것 같았기
때문이다. 이 선집을 부식토로 외국 시나 '청소년시'까지 폭넓
게 살피는 밝은 눈들이 뒤미처 있기를 기대해 본다.

엮은이를 대표하여 손택수 씀

작품 출처

강은교 「겨자씨의 노래」,『바람 노래』, 문학사상사, 1987

고영민 「데미안」,『공손한 손』, 창비, 2014

공광규 「립스틱」,『동시마중 제30호』, 동시마중, 2015

권정생 「인간성에 대한 반성문 2」,『빌뱅이 언덕』, 창비, 2012

김개미 「상상 속의 나」,『레고 나라의 여왕』, 창비, 2018

김경구 「줄 달린 인형」,『풋풋한 우리들의 시간들』, 가문비, 2018

김남주 「내가 만약 화가라면」,『김남주 시 전집』, 창비, 2014

김 륭 「눈이 퉁퉁 붓도록 나무랑 싸웠다」,『달에서 온 아이 엄동수』,
문학동네, 2016

김선우 「내 남친 영호」,『댄스, 푸른푸른』, 창비교육, 2018

김숙분 「못」,『해님의 마침표』, 21문학과문화, 2002

김승일 「왜 초등학교를 졸업하면 어린이날 선물을 받지 못하는가?」,
『에듀케이션』, 문학과지성사, 2012

김영롱 「삼촌」,『국어 시간에 시 읽기』, 휴머니스트, 2012

김원석 「눈사람」,『시가 말을 걸어요』, 토토북, 2009

김유호 「배달」,『버림받은 성적표』, 보리, 2011

김 응 「사나운 언니가 되는 법」,『둘이라서 좋아』, 창비, 2017

김자미 「어른들도 때로는」,『열린 아동 문학』, 열린아동문학, 2015

김준현 「김에서 밥까지」,『나는 법』, 문학동네, 2017

김행숙 「소녀들 ― 사춘기 5」,『사춘기』, 문학과지성사, 2014

나태주 「막동리 소묘 172」,『슬픈 젊은 날』, 토우, 2000

남호섭 「하나처럼 ― 동주와 몽규」,『벌에 쏘였다』, 창비, 2012

류시화 「소금」,『외눈박이 물고기의 사랑』, 무소의뿔, 2016

문정희 「흙」,『양귀비꽃 머리에 꽂고』, 민음사, 2004

민 영 「내가 너만 한 아이였을 때 ― 아들에게」,『엉겅퀴꽃』, 창비, 1987

박상천 「통사론」,『5679는 나를 불안케 한다』, 문학아카데미, 1997

박선미 「먹구름도 환하게」,『시와 동화』, 동심원, 2018

박성우 「용서를 받다」,『난 빨강』, 창비, 2010

박제영 「피노키오」,『식구』, 북인, 2013

서정홍 「꿈속에서」,『동시마중 제31호』, 동시마중, 2015

성환희 「내 맘대로 할 거다」,『내가 읽고 싶은 너라는 책』, 푸른사상, 2018

송 현 「붕어빵」,『해바라기 얼굴』, 창비, 1987

신경림 「달라서 좋은 내 짝꿍」,『엄마는 아무것도 모르면서』, 실천문학, 2012

양영길 「처음 면도하던 날」,『궁금 바이러스』, 창비교육, 2017

양정자 「짝사랑」,『아이들의 풀잎 노래』, 창비, 2007

오장환 「목욕간」,『오장환 전집 1』, 창비, 1989

원무현 「징검다리」,『사소한, 아주 사소한』, 지혜, 2012

유형진 「어린 나무」,『가벼운 마음의 소유자들』, 민음사, 2011

윤동주 「달같이」,『정본 윤동주 전집』, 문학과지성사, 2007

이면우 「빵집」,『아무도 울지 않는 밤은 없다』, 창비, 2006

이병승 「싸움의 법칙」,『까닭 없이도 끄떡없이 산다』, 실천문학, 2014

이봉직 「꼴찌를 위하여」,『내 짝꿍은 사춘기』, 청개구리, 2009

이준관 「딱지」,『천국의 계단』, 서정시학, 2014

이해인 「파도의 말」,『여행길에서』, 박우사, 2000

이희중 「닭장 증후군」,『나는 나를 간질일 수 없다』, 문학동네, 2017

임길택 「엄마의 울음」,『탄광 마을 아이들』, 실천문학, 1990

장철문 「거꾸로 말했다」,『동시마중 제45호』, 동시마중, 2017

정유경 「지는 해」,『까만 밤』, 창비, 2013

정윤천 「천천히 와」,『구석』, 실천문학, 2007

정지용 「해바라기씨」,『정지용 전집 1』, 민음사, 2010

최두석 「그 놋숟가락」,『투구꽃』, 창비, 2009

함민복 「성선설」,『우울 씨의 1일』, 세계사, 1990

황인숙 「걱정 많은 날」,『못다 한 사랑이 너무 많아서』, 문학과지성사, 2016

이 책을 엮는 데 도움을 주신 선생님들

고수미 대구 경북기계공업고등학교
권지윤 경기 광주 경화여자고등학교
김다영 대구 와룡고등학교
김도연 인천신현고등학교
김미현 경기 성남고등학교
김상운 강원 춘천 유봉여자중학교
김성환 충북 청주 충북대학교사범대학
　　　　부설고등학교
김정관 서울 경신고등학교
김정현 경기 오산 운암중학교
김종욱 전북 전주여자고등학교
민지훈 서울 대일외국어고등학교
민호기 대구동부고등학교
박진숙 강원 원주 북원여자중학교
박진희 인천 산곡여자중학교
박현숙 전북 익산부송중학교
서허왕 전북 서영여자고등학교
설정현 서울 재현고등학교
송경영 서울 동작중학교
여현숙 경기 고양 원당중학교
유윤곤 경기 포천 동남중학교
유창재 전북 전주 양현고등학교
윤수란 서울 창덕여자중학교
이경숙 강원 원주 버들중학교
이미진 서울 신수중학교
이영신 전남 여수 화양중학교
이은경 서울문화고등학교
이은희 강원 홍천중학교

이제창 대구 영남공업고등학교
이지현 서울 효문고등학교
이현진 서울 대영고등학교
장인혁 광주 국제고등학교
전은경 제주 오름중학교
정경오 광주대동고등학교
정나라 서울 대진여자고등학교
정수진 서울 공항중학교
정애리 서울 누원고등학교
조수지 전남 영암 삼호중학교
조숙희 대전 동방고등학교
지은정 서울 대일외국어고등학교
최수종 서울 성심여자중학교
최영미 울산여자고등학교
최영숙 강원 춘천중학교
최은영 경기 하남 미사강변고등학교
최일지 강원 춘천 봉의중학교
최종택 경기 군포고등학교
한영욱 충북 청주 수곡중학교
현종헌 경기 성남 성보경영고등학교
황지웅 대구 영송여자고등학교

창비청소년시선 19

나를 키우는 시 1
알을 깨는 순간

초판 1쇄 발행 • 2019년 9월 5일
초판 6쇄 발행 • 2022년 4월 20일
개정판 1쇄 발행 • 2023년 2월 24일
개정판 3쇄 발행 • 2024년 4월 5일

엮은이 • 손택수 김태현 한명숙
펴낸이 • 김종곤
편집 • 황수정 한아름
펴낸곳 • (주)창비교육
등록 • 2014년 6월 20일 제2014-000183호
주소 • 04004 서울특별시 마포구 월드컵로12길 7
전화 • 1833-7247
팩스 • 영업 070-4838-4938 / 편집 02-6949-0953
홈페이지 • www.changbiedu.com
전자우편 • contents@changbi.com

ⓒ (주)창비교육 2023
ISBN 979-11-6570-202-1 44810